閱讀123

狐狸金杯

文 謝武彰　圖 蔡其典

山東歷城有一座
大宅院，主人曾經是
很有名望的人。

這座大宅院，亭臺連著樓閣，樓閣又連著亭臺。樓閣和亭臺間，是精緻的小花圃。

它的佔地有好幾十畝，是當地非常有名的豪宅。

後來，這大戶人家漸漸沒落了，空蕩蕩的大宅院裡，半個人影也沒有。

日子久了，大宅院裡漸漸長滿雜草，看起來非常陰森，就連大白天也沒有人敢進去。

4

後來，城裡開始流傳大宅院裡常常出現怪事，大家聽了更是避得遠遠的。

大宅院裡的雜草愈長愈高，氣氛也愈來愈陰森了。

終於，大宅院在繪聲繪影中漸漸破敗了，然而卻意外增添了它的吸引力。

於是，

一傳十、十傳百……

這座大宅院，

就成了歷城的傳奇。

歷城裡有個讀書人叫做殷士儋。

殷士儋很有膽識，日子雖然過得很辛苦，但是他用功讀書，希望以後能有光明的前途。

有一天，殷士儋和幾個讀書人一起吃飯、談天。

這時候，有人開玩笑說：

「如果有誰敢到大宅院裡住上一晚，大家就各出一點錢，擺一桌上好的酒席請他，大家覺得怎麼樣？」

在座的書生們聽了，全都鼓掌叫好。但是，鼓掌歸鼓掌，大家只是你看看我、我看看你，沒有人說自己敢去。

這時候，殷士儋忽然站起來，說：

「這有什麼好怕的？我就敢去！」

終於有人說自己敢去，大家聽了，全都鬆了一口氣。

至少，很多人是沒有這個勇氣的。

這一天黃昏，
殷士儋帶了棉被和蓆子，
就要到大宅院裡過夜。

幾位書生送他到大宅院門口，有人還戲弄他說：

「我們會在這裡等你一陣子，如果你看到了什麼怪物，要大家來救你，就趕快大聲喊救命，千萬別不好意思啊！」

殷士儋聽了，笑著說：

「如果我看到鬼怪或狐狸精，一定會把牠們抓起來當作證物。說真的，我好想吃大家的酒席呢！」

幾位書生聽了，全身都起雞皮疙瘩。想不到殷士儋的膽子，竟然這麼大！

殷士儋話一說完，轉身大步走進了大宅院。

他抬頭挺胸、鼓起勇氣，沿著宅院的小徑向前走。

他看到整條小徑，都被小草和藤蔓掩蓋住了。整個院子裡長滿了高高低低的雜草。草叢裡傳來小蟲的叫聲，氣氛比傳說中的還要陰森、還要可怕。

殷士儋瞪大眼睛，摸黑向前走……

彎彎的上弦月，掛在天空中；淡淡的月光，照在院子裡。

藉著月光，大宅院裡的亭臺和樓閣，漸漸看得清楚了。

這真是一座華麗而宏偉的宅院啊！

殷士儋摸索著牆壁慢慢向前走，小心的踏著每一步。

殷士儋小心的通過了第一進房子（註），

摸索著牆壁繼續向前走。

殷士儋小心的踏著每一步，

通過了宅院的第二進房子，殷士儋摸索著

繼續向前走。

真不愧是大戶人家的宅院，前

面不知道還有多深呢！

【註】：中式建築物，由正房、廂房和庭院組合為一套，稱為「一進」。台灣鄉鎮中仍保有這類的房舍。

在這黑漆漆的大宅院裡，殷士儋一點也不害怕。

他摸索著繼續向前走，經過了好幾進房子，終於來到大宅院最裡面的一棟樓房。

殷士儋仔細一看，前面不遠的地方，有一堵高高的圍牆，那就是大宅院的盡頭了。

殷士儋摸索著，爬上了樓房的最頂層。

他看到一間華麗的大堂，大堂外有一個賞月臺。站在這裡，既可以賞月臺上絲毫沒有陰森的感覺。

眺望遠方，也可以觀賞宅院裡的景色。

於是，殷士儋決定晚上就在賞月臺上過夜。

他放下了緊張的心情，欣賞起月色來。

只見那上弦月，像一把亮晶晶的小彎刀，浮在遠方的山頭上。淡淡的月光，更加皎潔、更加明亮了。

殷士儋在賞月臺上坐了很久很久，大宅院裡很平靜，並沒有什麼怪事發生，也沒有什麼怪物突然跳出來，把人嚇一跳。

他暗暗笑著，有關這大宅院的傳說，怎麼會那麼誇張呢？

殷士儋終於放下心來，靜靜欣賞月色。一個人在這高樓上，擁有整座大宅院的寧靜，多麼難得啊！

殷士儋想，也許朋友們正在大宅院外面，為自己擔心著呢！

後來，殷士儋有點累了，他把帶來的蓆子鋪在地上，並且找了一塊石頭當枕頭，躺下來靜靜的望著滿天的星星。

23

殷士儋看著月色、看著星星，

不知不覺中，一更就快過了。

他打了一個呵欠，

睡意也漸漸濃了……

就在殷士儋快睡著的時候，忽然——樓下傳來了腳步聲……

這麼晚了，是誰還不睡覺啊？

這大宅院裡，不是只有我一個人嗎？哪來的腳步聲呢？

這大宅院裡，不是沒有人住嗎？哪來的腳步聲呢？

殷士儋一想，全身的寒毛立刻豎了起來，整個人緊繃著，睡意一下子全都消失了！

那滿城的傳說，難道是真的嗎？殷士儋豎起耳朵，仔細聽著……

糟了！腳步聲竟然沿著樓梯，一階一階的傳上來了。

雖然，殷士儋有些緊張；但是，他畢竟是個有膽識的人。於是，他假裝睡著了，卻瞇著眼睛偷看著……

27

上樓來的，會是誰呢？接著，又會發生什麼事呢？

賞月臺。

一會兒，一個僕人提著一盞蓮燈，走上了

他突然看到賞月臺上，竟然躺了一個人，

嚇得向後退了好幾步，並且大聲告訴後面的人

說：

「這裡有陌生人！」

那個還在樓梯上的人聽了，問著：

「那是誰呀？」

僕人回答說：

「是一個不認識的人！」

過了一會兒，一個老翁走上了賞月臺。

他慢慢的靠近殷士

儋，仔細看了

看，說：

「這個人是殷尚書，他已經睡得很熟了。殷尚書為人正直，我們辦我們的事，他應該不會怪我們的。」

老翁話一說完，就和僕人走進了大堂。並且，把門窗全都打開。

不久以後，來到賞月臺的人愈來愈多了。

大堂裡燈火閃耀，好像白天一樣。

這時候，殷士儋翻過身來，並且打了幾個噴嚏。

老翁知道殷士儋醒來了，於是，他走出大堂來到賞月臺，跪下來對殷士儋說：

「今天晚上，小人的小女兒要出嫁，無意中冒犯了

32

貴人，請您千萬不要見怪啊！」

殷士儋趕忙起身，他仔細看了看老翁，一點也不覺

得老翁是妖怪變的。於是，殷士儋拉著老翁，說：

「不知道今天晚上您要舉行婚禮，我沒有帶什麼賀

禮來，真是慚愧啊！」

老翁聽了，趕忙對殷士儋說：

「能有貴人光臨，就是一件幸運的事。如果您願意

入座，就是我最大的光采了。」

殷士儋聽了非常高興，

於是他放下心來，隨著老翁走進大堂。

大堂裡的擺設高雅，空氣中飄散著淡淡的香氣。

一會兒，有個年約四十的婦人過來拜見殷士儋。

老翁對殷士儋說：

「這是我內人。」

殷士儋聽了，恭敬的回了禮。

這時候，有人跑上樓大聲喊著：

「到了！到了！」

老翁聽了，立刻走向前去迎接，殷士儋就站在旁邊等候著。

過了不久，樂班奏起了音樂。

這時候，家僕提著紅紗燈籠，領著新郎走進大堂。

新郎大約十七、八歲，

長得很清秀，一臉喜氣洋洋的。

新郎向殷士儋行了禮，殷士儋也趕快向新郎回禮。

新郎向老翁行了大禮，然後，大家才坐了下來。

這時候，

大堂裡又來了很多

女客人，大家趕緊找位子

坐下來。

喜宴開始了——

豐盛而美味的菜餚，

一盤接著一盤

上桌了。

美玉碗盤、黃金酒杯，照耀著餐桌，大家都吃得非常高興。

很快的，酒已經過了好幾巡，喜宴也進行了一大半。這時候，老翁吩咐女僕，趕快請新娘出來見客。女僕回答老翁，說：

「是的，老爺。」

女僕進去了好一會兒，卻不見她出來。

於是，老翁起身走到房門口。他拉起了窗簾，催促著新娘趕快出來見客。

過了一會兒，幾個女僕和老婦人，擁著新娘出來了。

新娘配戴著玉環、玉珮、珍珠和金飾，閃閃發亮，非常耀眼。

殷士儋看了看新娘，她身上的珠寶閃耀著光芒，加上容貌出眾、氣質高雅，真是一個絕世美人啊！

她走起路來，叮叮噹噹、叮叮噹噹……輕輕的響著。身上散發的香氣，淡淡的飄散在大堂裡著。

大家看了，都鼓起掌來。

老翁請新娘向貴客和長輩，

一一行過了禮。然後，她就坐在

母親身旁。

喜宴漸漸進入了高潮，這時候，老翁對家僕說：

「快去把那家傳的黃金酒杯拿來。」

家僕點點頭，轉身走進另一個房間。過了不久，他拿來了一套黃金酒杯。

這一套酒杯精緻而貴重，一共有八個。說也奇怪，酒杯看起來並不是很大，但是，老翁說它能倒進好幾斗美酒。

殷士儋看著這難得一見的酒杯，他暗暗想著，不如就帶一個回去當證物，將來再想辦法還給老翁。這樣，朋友們就不得不相信了，大家要為我擺上一桌酒席，誰也不能耍賴。

於是，殷士儋趁大家不注意的時候，把一個酒杯偷偷的藏在衣袖裡。然後，他趴在桌上，假裝已經喝醉了。

大家看了，都說：「殷相公喝醉了。」

喜宴漸漸進入了尾聲。

這時候，新郎也要告辭了。

於是，樂班又奏起音樂，聲音響遍了大堂，大家都

隨著新郎下樓。

一場熱鬧而歡樂的喜宴，就結束了。

客人走了以後，家僕忙著收拾大堂。

老翁也忙著整理那一套貴重的黃金酒杯。

他又數了數：

點花了。於是，

己喝多、眼睛有

老翁以為自

怎麼少了一個？

著——咦？酒杯

他數著、數

「一、二、三、四、五、六、七⋯⋯

一、二、三、四、五、六、七──七！

七！七！是七個沒錯！酒杯怎麼會少了一個呢？」

老翁找了很久，還是沒有找到酒杯。

這時候，家僕輕聲對他說：

「黃金酒杯，會不會是那個喝醉的客人拿走了？」

老翁聽了，急著告誡僕人不可以亂說話，他怕被殷士儋聽見了。

其實，老翁早就知道黃金酒杯到哪裡去了；只是，他不想把它說破而已。

過了一會兒，大堂和賞月臺，全都靜悄悄的。

殷士儋這才起身，他發現人全都散了，燭火也全都熄滅了。四周黑漆漆的，剛才熱鬧的喜宴，好像根本就

沒有發生過。

只有空氣中，還飄著淡淡的酒味和香氣⋯⋯

殷士儋走出了大堂，來到賞月臺。他抬頭看著天空，星星全都不見了，上弦月也快消失了。

東方的天空，漸漸亮了。

於是，殷士儋帶著棉被和蓆子，慢慢的下樓來。他伸手摸了摸袖子——啊！金杯還在哩！

昨天夜裡那場喜宴，多麼奇特呀！

他想，有了這一個貴重的黃金酒杯當證物，朋友們

還能耍賴嗎？

這一桌酒席，是吃定了。

殷士儋沿著昨天夜裡走過的路，穿過了一進又一進的房子，走過了滿是藤蔓和小草的小徑，走過了長滿高高低低雜草的院子，來到了大門口。

這時候，殷士儋看見朋友們都來了。

朋友們看到殷士儋走出了大宅院，有人就戲弄他說：

「你一定是昨天晚上先溜出來，今天一大早才又跑進大宅院裡，假裝在裡面住了一夜吧？」

另一個人也作弄的說：

「昨天夜裡，被妖怪嚇壞了吧？」

殷士儋聽了哈哈大笑，然後從袖子裡拿出了黃金酒杯，大家看了都驚訝得說不出話來。

56

殷士儋把昨天夜裡的經過，全都告訴了朋友。

朋友們看著這精緻又貴重的酒杯，都認為窮書生不可能買得起。於是，大家就相信了殷士儋。

過了幾天，朋友們按照約定，擺了一桌上好的酒席請殷士儋。殷士儋在大宅院裡過了一夜，不但贏了面子，也贏了裡子。

事情過了以後，殷士

儋繼續苦讀。但是，他竟

然把黃金酒杯該還給老翁

的事，全都忘光了。

後來，他終於考中了

進士，朝廷派他到肥丘擔

任官員。

肥丘有一戶朱姓人

家，是當地很有名望的家族。

為了歡迎殷士儋到來，朱家主人特別在家裡擺了豐盛的筵席來招待他。

朱家主人為了歡迎貴客，叫僕人把黃金酒杯拿出來宴客。但是，僕人去了很久都沒有回來。

這時候，一個年輕的僕人匆匆走來，用手掩著嘴巴附在主人耳朵旁，輕聲的說著話。

朱家主人聽了，表情有些生氣。

過了不久，家僕拿來一套黃金酒杯。朱家主人斟上了美酒，勸殷士儋多喝一些。

殷士儋接過酒杯仔細一看，嚇了一大跳，他幾乎不敢相信自己的眼睛──

這酒杯的形狀和花紋，竟然和從前在大宅院的喜宴上，自己留下來的金杯一模一樣。

這時候，他好像從夢裡驚醒了。

真糟糕，酒杯還沒還給老翁呢！

於是，殷士儋就問了朱家主人關於酒杯的事。

主人回答他說：

「這套酒杯本來有八個，是先人在京城當官時，請了很有名的工匠做的。它是我家的傳家寶，已經傳了好幾代了。最近，殷大人到肥丘來擔任重要官職，想

拿出來招待您。沒想到剛才開箱的時候，發現只剩下七個，可能是被誰偷走了。只是，這套酒杯已經密封十年了，怎麼會丟掉一個呢？真是令人想不通啊！」

殷士儋聽了，笑著回答朱家主人說：

「金杯可能是自己飛走了吧？傳家寶哪可以弄丟呀！我恰好有一個酒杯，和您的傳家寶幾乎一樣。不如，就把它送給你，這樣你的傳家寶就完整了。」

雖然，朱家主人聽了很高興；但是，天下真有這麼

巧的事嗎？

宴會結束以後，殷士儋回到了官府，很快的把黃金酒杯找出來。他看著手上的酒杯，心想：

「也許，這是最後一次看這個酒杯了。」

殷士儋看著亮晶晶的酒杯上，好像隱隱約約出現了老翁的樣子⋯⋯很快的，又消失了。

殷士儋的心頭震了一下，難道是老翁來道別嗎？

他輕輕的轉動酒杯，酒杯亮晶晶的，已經看不到什麼了。難道，是自己眼花了嗎？

於是，殷士儋派人騎著快馬，把酒杯送到了朱家。

朱家主人看到這個酒杯，又驚又喜。可是，這珍藏的傳家寶，怎麼會在殷大人家呢？

於是，朱家主人趕到官府拜見殷士儋，除了親自向他拜謝以外，並且問他說：

「請問大人，怎麼會有這個酒杯呢？」

於是，殷士儋就把得到酒杯的經過，詳細的告訴了朱家主人。他還談起自己進士及第以後，曾經聽人說，狐狸能夠探取千里以外的東西。但是，牠們使用了以後，卻不敢留下，會立刻把它還給主人。

殷士儋說完了話，暗暗想著──

68

難道，狐狸能千里取物的傳說，是真的嗎？

難道，自己在大宅院裡遇到的，是狐狸嫁女兒嗎？

那一天夜裡，自己參加的，是狐狸的喜宴嗎？

那一天夜裡，喜宴上的人，都是狐狸變成的嗎？

朱家主人聽了，大喊：

「啊！這件事真是太離奇了！要不是殷大人進士及第，又是朝廷派來的官員，不然的話，這麼奇特的經歷，有誰會相信呢？」

從前，殷士儋想把黃金酒杯還給老翁。

現在，終於把它還給真正的主人了。

朱家的傳家寶，終於完整的保存在朱家了。

這，真是一個很不錯的結局。

有時候，殷士儋會想起——

歷城城裡的那一些老朋友，

歷城城裡的那一座大宅院，

還有，

大宅院裡，深夜的喜宴……

狐狸千里取物，神不知鬼不覺，就像哈利波特披著隱形斗篷，輕鬆就拿到想要的東西。看完了《狐狸金杯》的故事，你是不是也對狐狸產生許多的好奇呢？其實關於狐狸的傳說，除了中國之外，亞洲其他地方也有不少喔，甚至還有人把狐狸當做神來祭拜呢！我們來看看關於狐狸的傳說和故事吧！

· 狐狸精

也叫「狐仙」或「妖狐」。在中國的傳說裡，狐狸精是狐狸經過修練、高人指點或者吸收日月精華而化為人形的妖精。在香港和江浙地區的民間信仰裡，狐仙是一種重要的神祇，傳說狐仙喜歡吃雞蛋，所以人們會用雞蛋來供奉牠。

· 九尾狐

在中國、日本和朝鮮半島都有關於九尾狐的傳說。傳說狐狸精的尾巴是儲存靈氣的地方，當狐狸精吸收了足夠的靈氣，尾巴就會一分為二，最後變成九條尾巴。當狐狸精擁有九條尾巴後，就再也不會死亡了，所以九尾狐可說是狐狸的最高境界唷。

· 喜歡吃油豆腐皮的狐狸

在日本，狐狸神被當作一種農耕神，又叫做「稻荷神」，稻荷是豐收的意思，農民

祈求祂賜予五穀豐收。傳說狐狸喜歡吃油豆腐皮，日本料理中有一種酸酸甜甜的豆皮壽司又叫做「稻荷壽司」，人們認為吃了稻荷壽司，就會為自己帶來好運。

狐狸與酸葡萄

伊索寓言裡有這麼一則故事：一隻饑餓的狐狸四處尋找食物，他看到果園裡美味的葡萄時口水直流，可是葡萄太高了牠摘不到，最後只好放棄，離開時嘴裡嘀咕著：「反正葡萄一定是酸的，吃不到也沒關係」。這則故事是說一個人因為得不到想要的東西，於是便否定它的價值。下次如果你聽到有人說：「你這是酸葡萄心理」，就是這個意思唷。

《狐狸金杯》的身世

《狐狸金杯》選自清朝蒲松齡《聊齋誌異》中的〈狐嫁女〉。《聊齋誌異》是古典文學名著，從清康熙年間風行到現在，影響深遠。

蒲松齡（1640—1715），字留仙，號柳泉，山東淄川人。他一心想考取功名卻都不能如願，只好當幕僚和教書來維生。而《聊齋誌異》，使他名留青史。

國家圖書館出版品預行編目資料

狐狸金杯／謝武彰 文；蔡其典 圖；--
第二版. -- 臺北市：親子天下，2018.01
80面；14.8×21公分. --（閱讀123）
ISBN 978-986-95630-4-8（平裝）
859.6   106020194

閱讀 123 系列 ──────────────── 033

狐狸金杯

作者｜謝武彰

繪者｜蔡其典

責任編輯｜黃雅妮

美術設計｜高玉菁

行銷企劃｜王予農、林思妤

天下雜誌群創辦人｜殷允芃

董事長兼執行長｜何琦瑜

兒童產品事業群

副總經理｜林彥傑

總監｜黃雅妮

版權專員｜何晨瑋、黃微真

出版者｜親子天下股份有限公司

地址｜台北市 104 建國北路一段 96 號 4 樓

電話｜（02）2509-2800 傳真｜（02）2509-2462

網址｜ www.parenting.com.tw

讀者服務專線｜（02）2662-0332 週一～週五：09:00~17:30

讀者服務傳真｜（02）2662-6048

客服信箱｜ bill@cw.com.tw

法律顧問｜台英國際商務法律事務所 · 羅明通律師

製版印刷｜中原造像股份有限公司

總經銷｜大和圖書有限公司 電話：（02）8990-2588

出版日期｜2012 年 1 月第一版第一次印行

2021 年 8 月第二版第十四次印行

定價｜260 元

書號｜ BKKCD100P

ISBN｜978-986-95630-4-8（平裝）

──────────────── 訂購服務

親子天下 Shopping｜shopping.parenting.com.tw

海外 · 大量訂購｜parenting@cw.com.tw

書香花園｜台北市建國北路二段 6 巷 11 號 電話（02）2506-1635

劃撥帳號｜50331356 親子天下股份有限公司

立即購買 >

閱讀123